石川　透編

室町物語影印叢刊　8

七草草紙

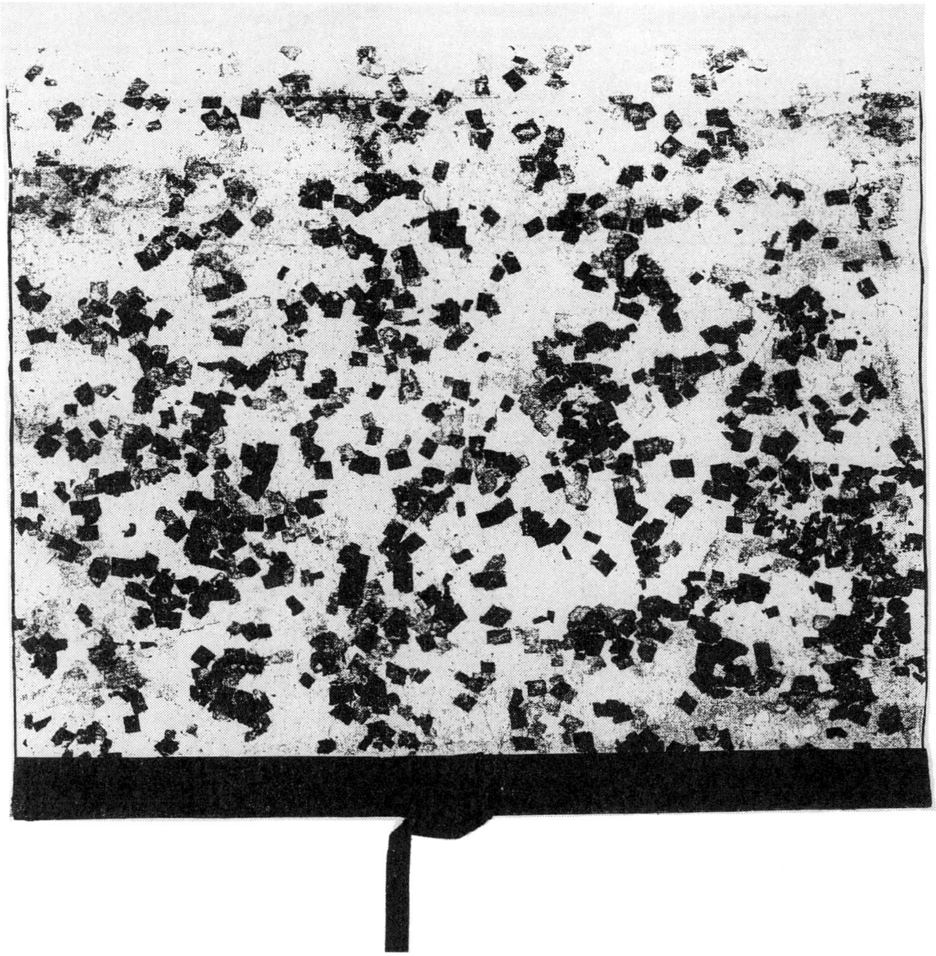

七草《くさ》の由来《ゆらい》

そも世《よ》の中《ちう》に天子《てんし》の御めぐ
みなとりかしこき事にて
るしうれゆへハまつ青《せい》
陽うれしき春《はる》のもしめでたき
しきの節《せつ》会《ゑ》の事祝《いはひ》や
ありて国家《こつか》これおさめおさむ
まてゆ多《た》しかゝめて年中の
さひるれとのかず万事

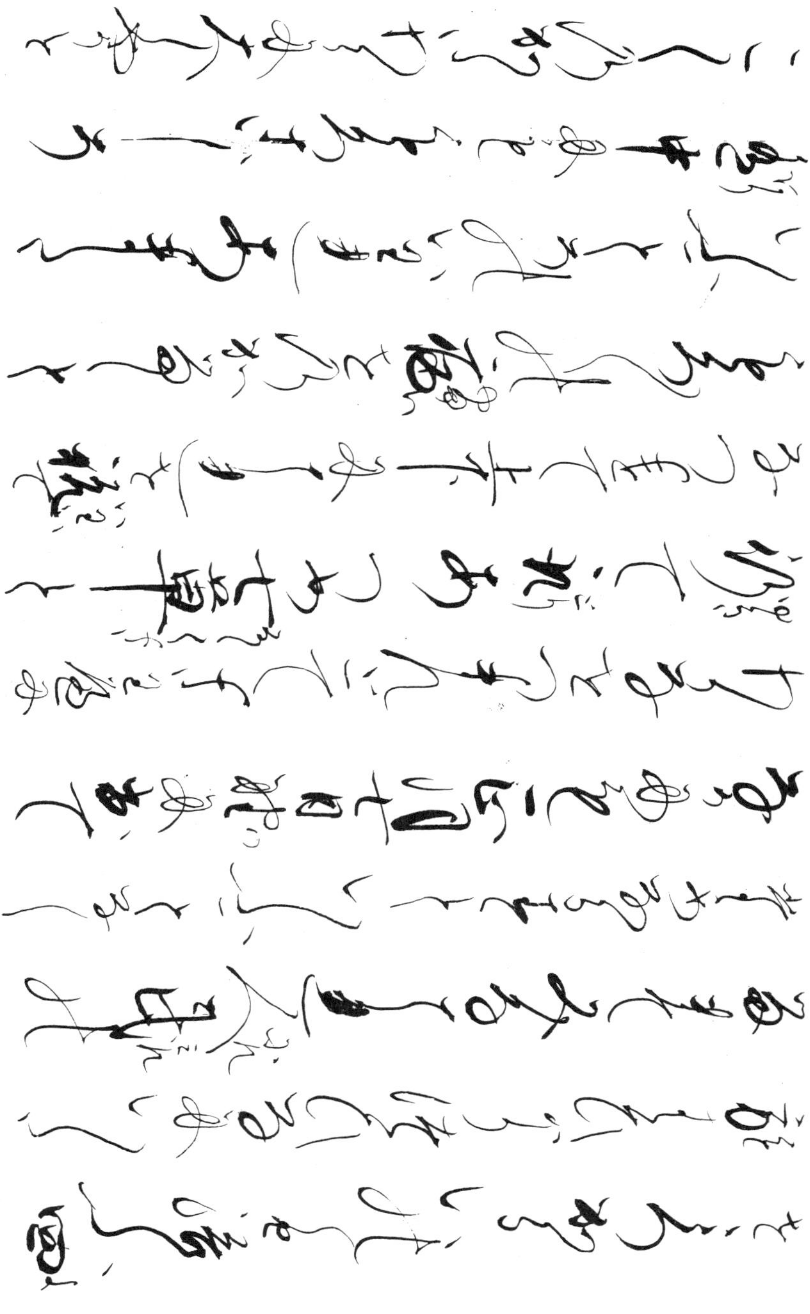

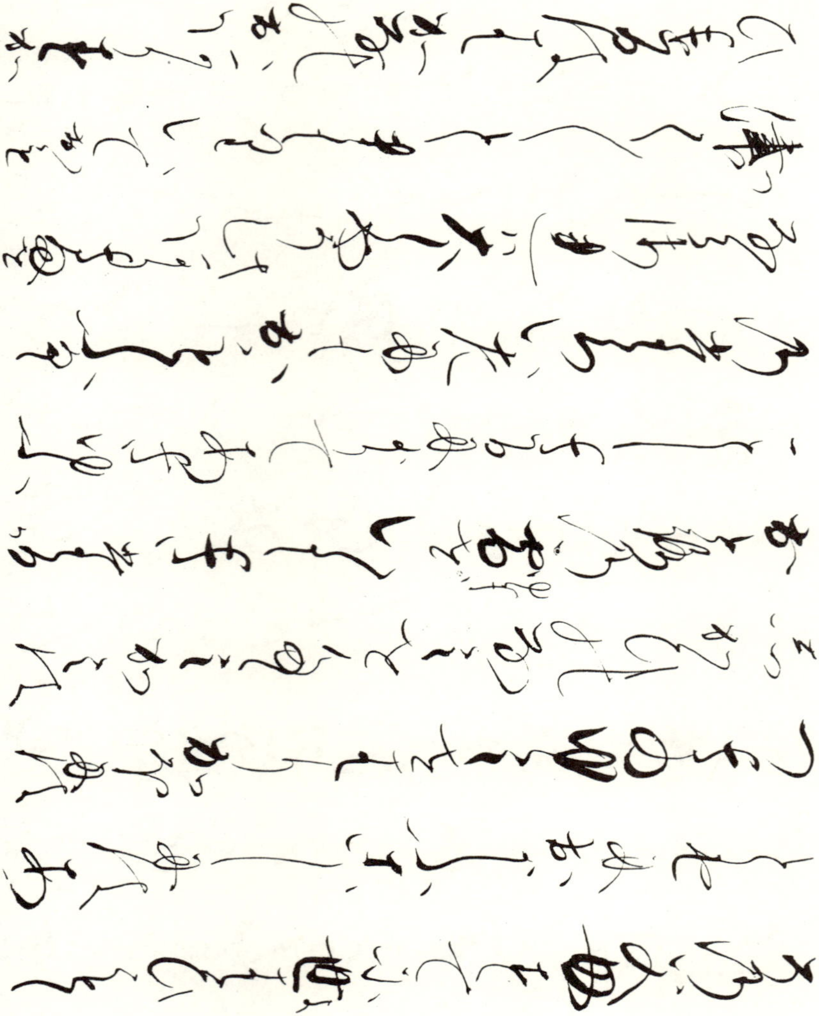

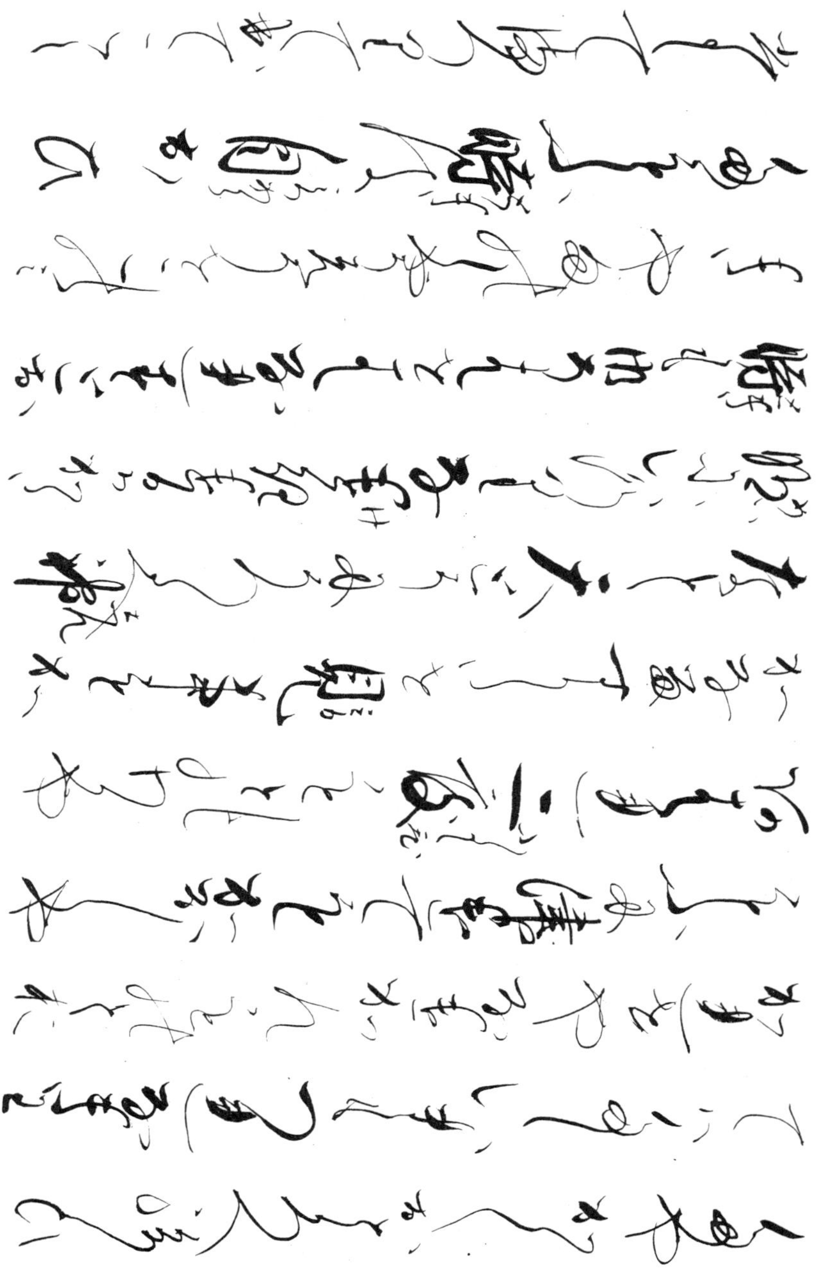

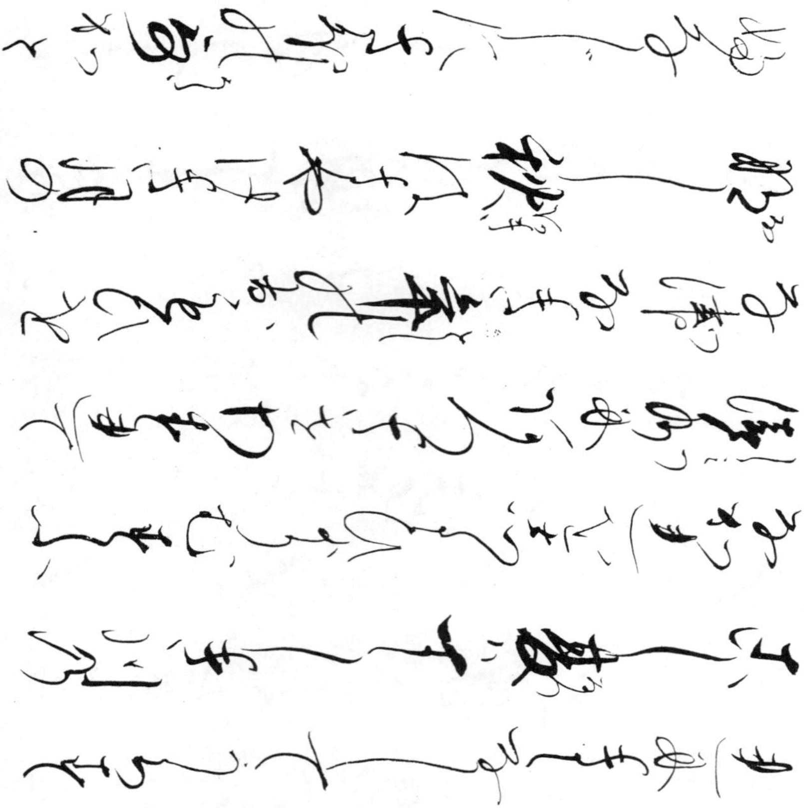

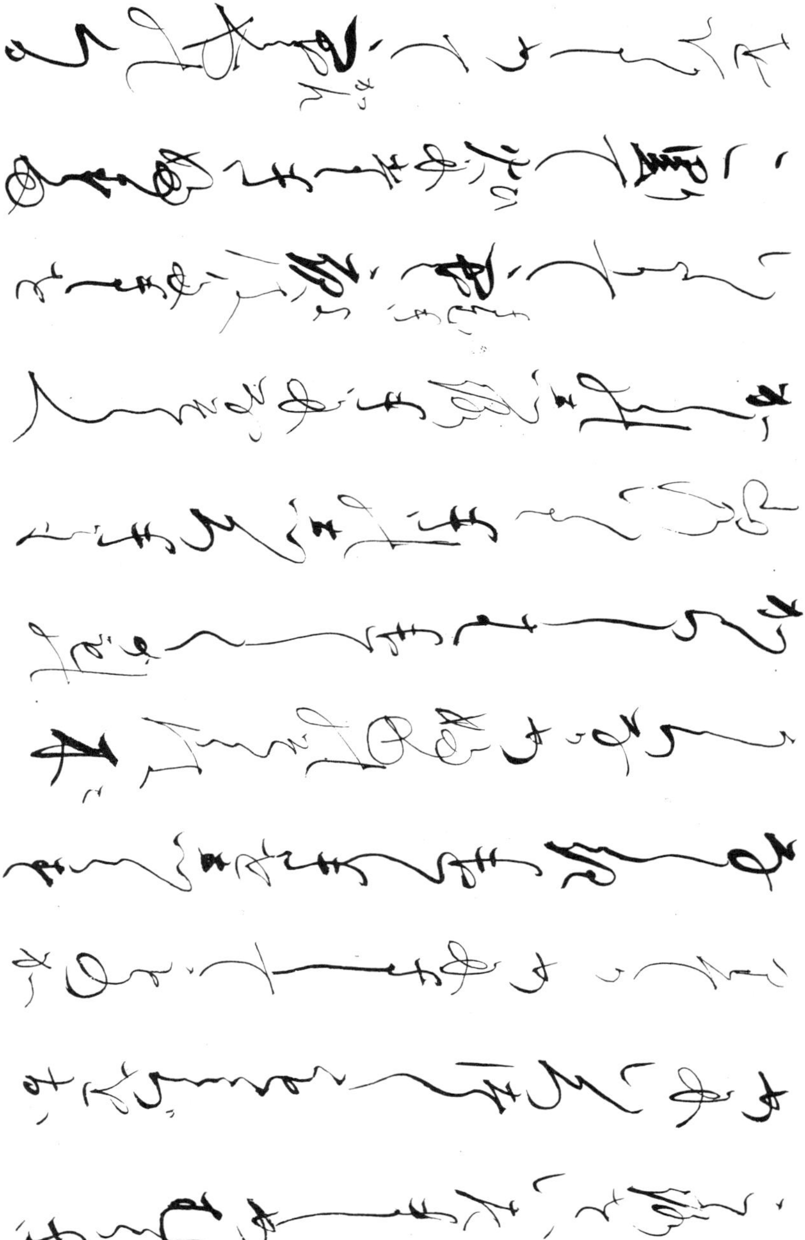

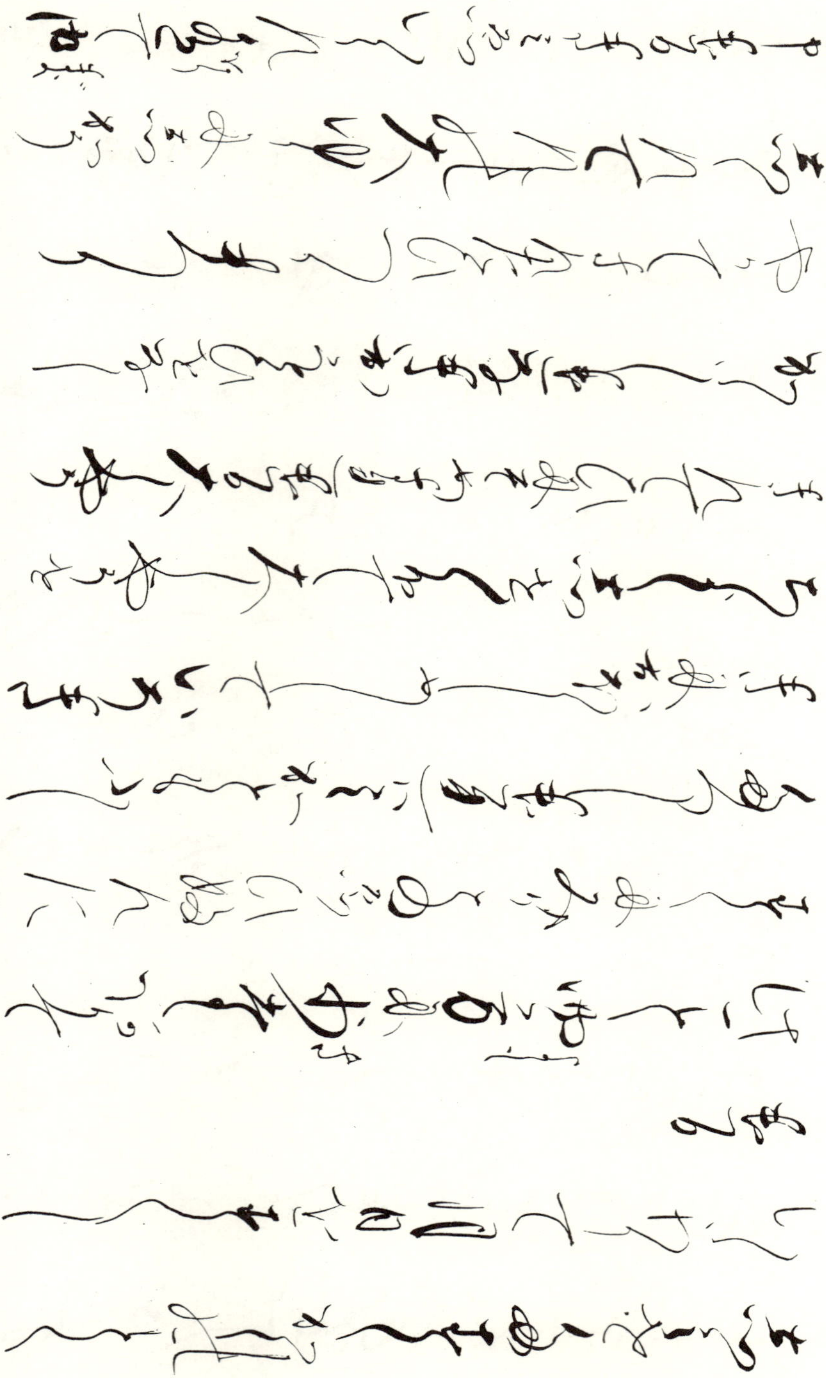

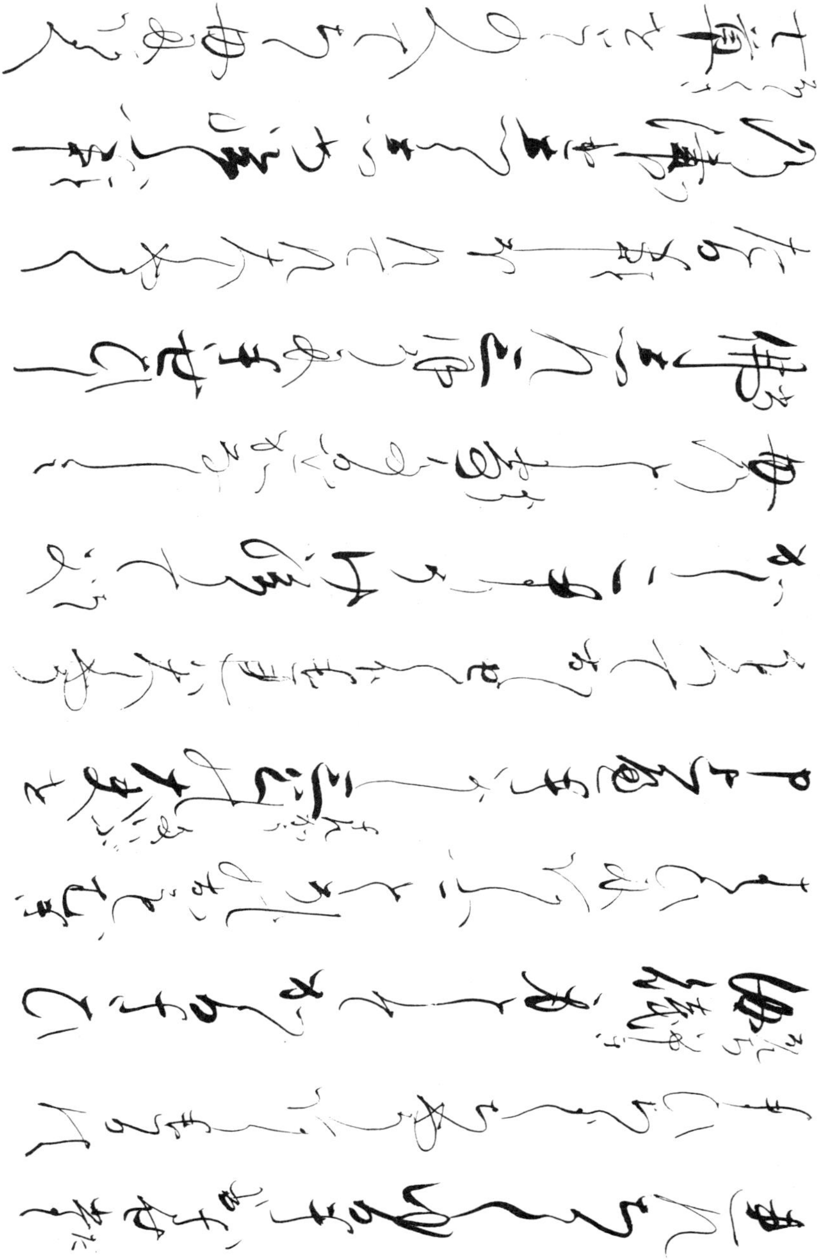

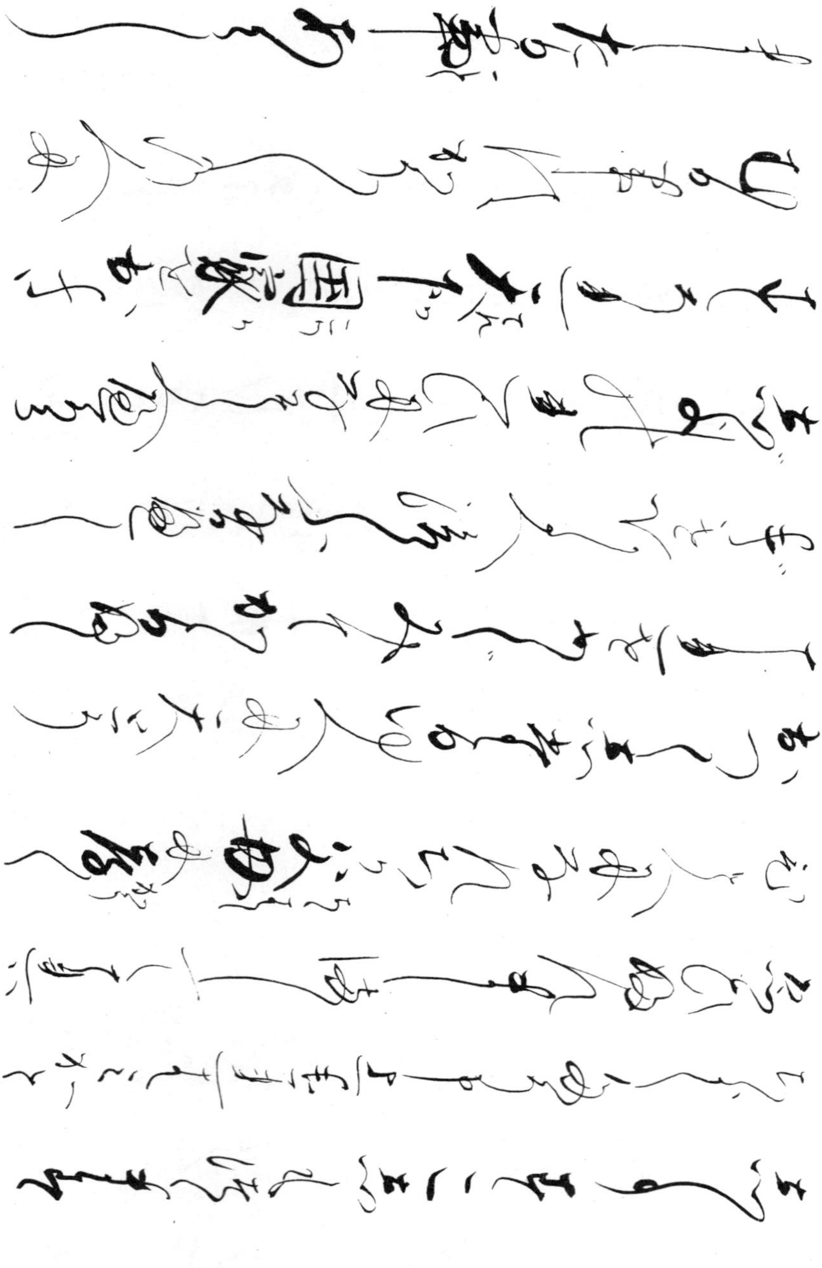

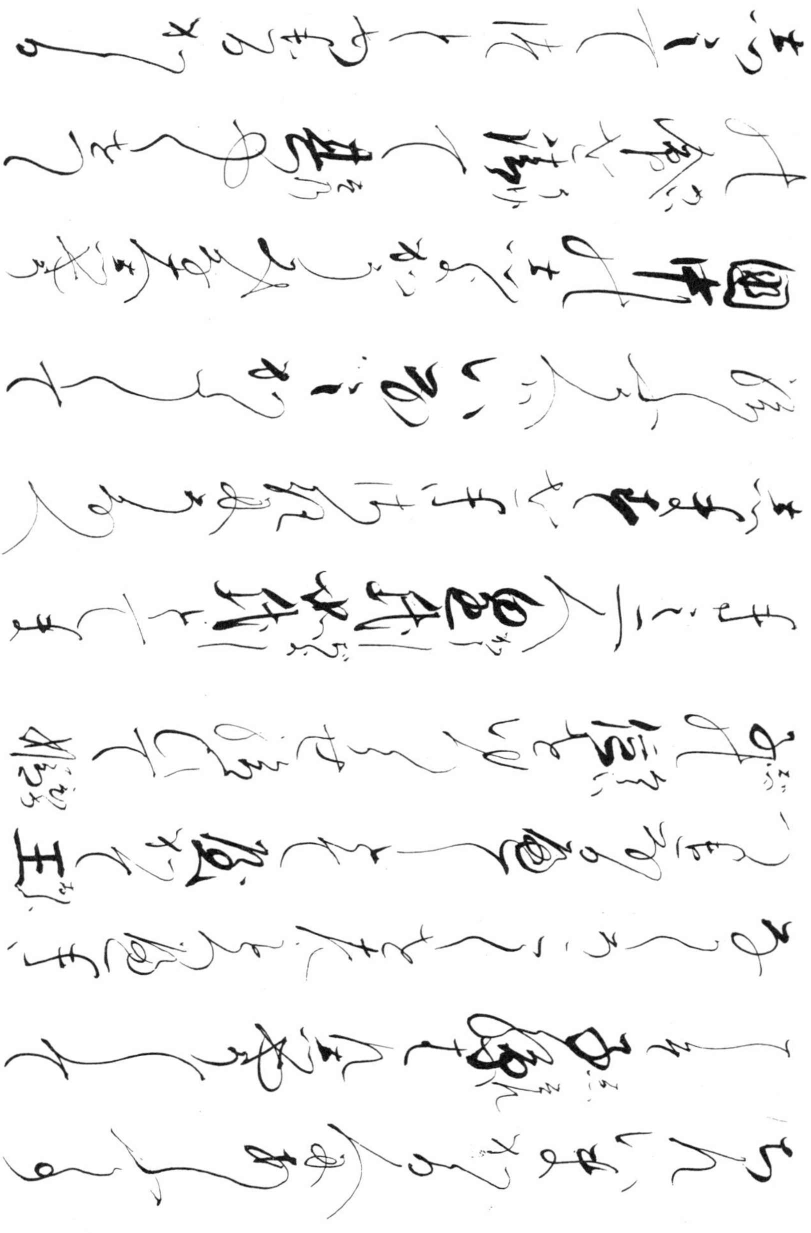

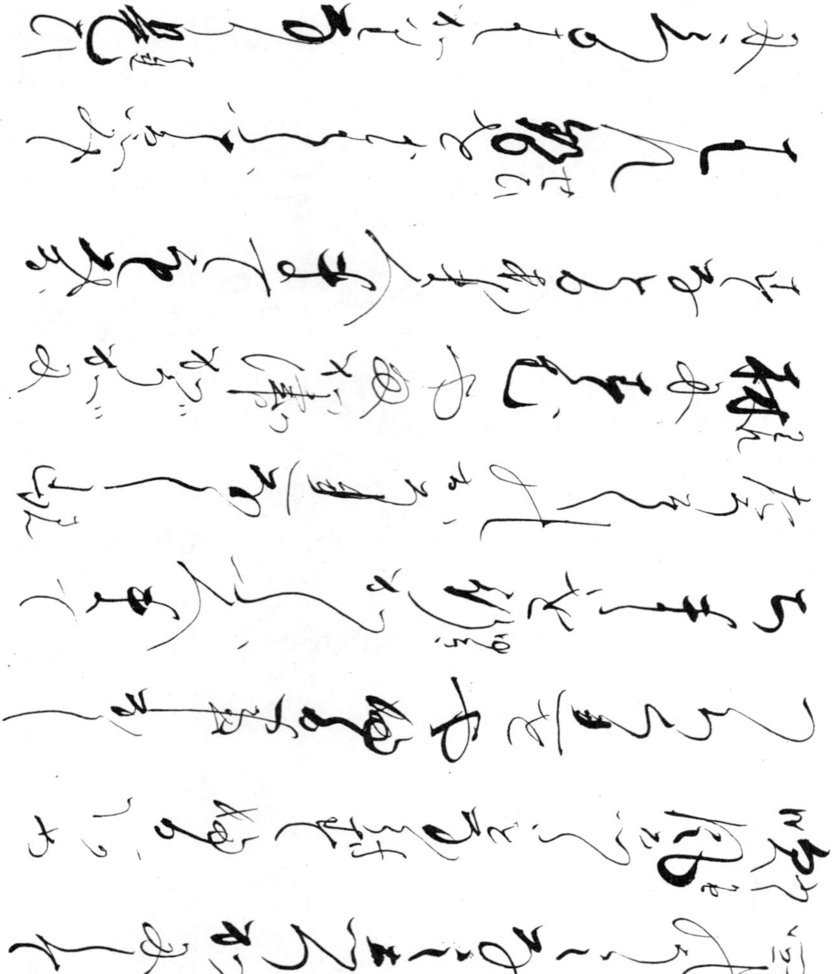

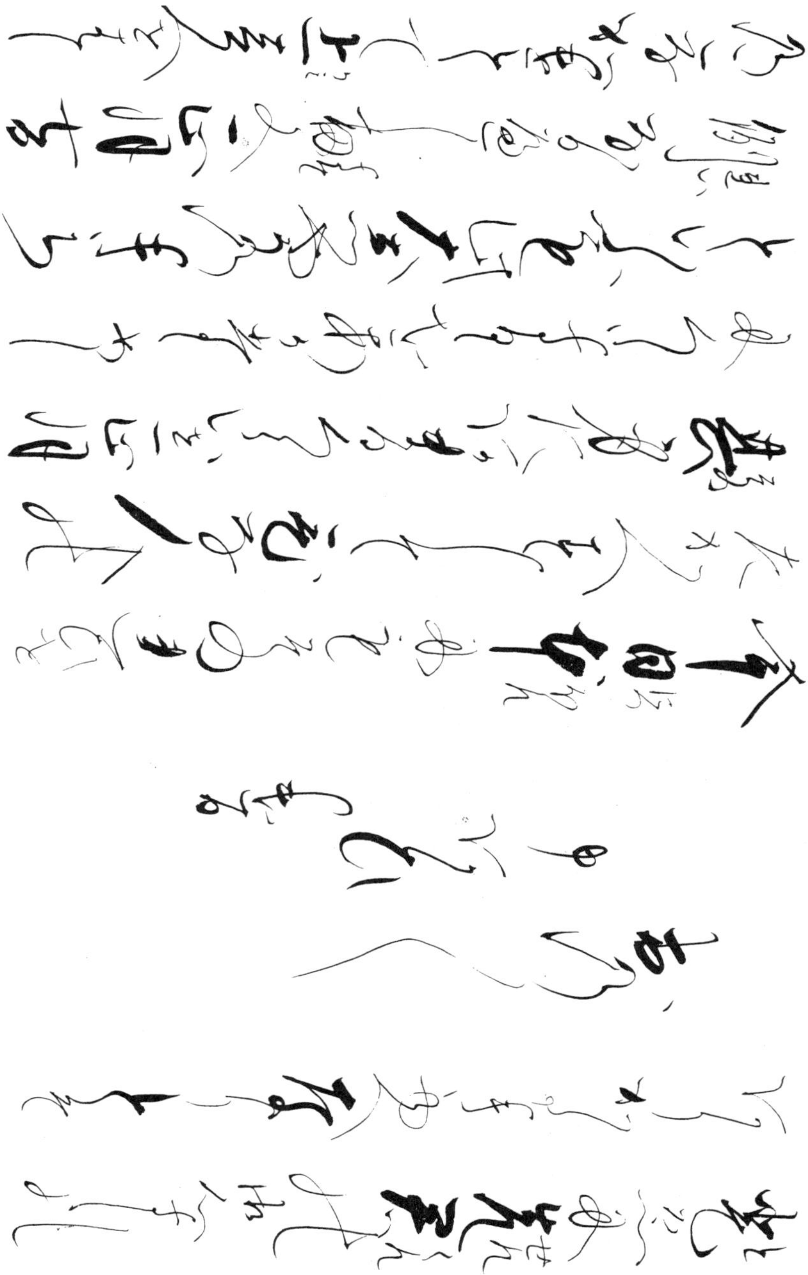

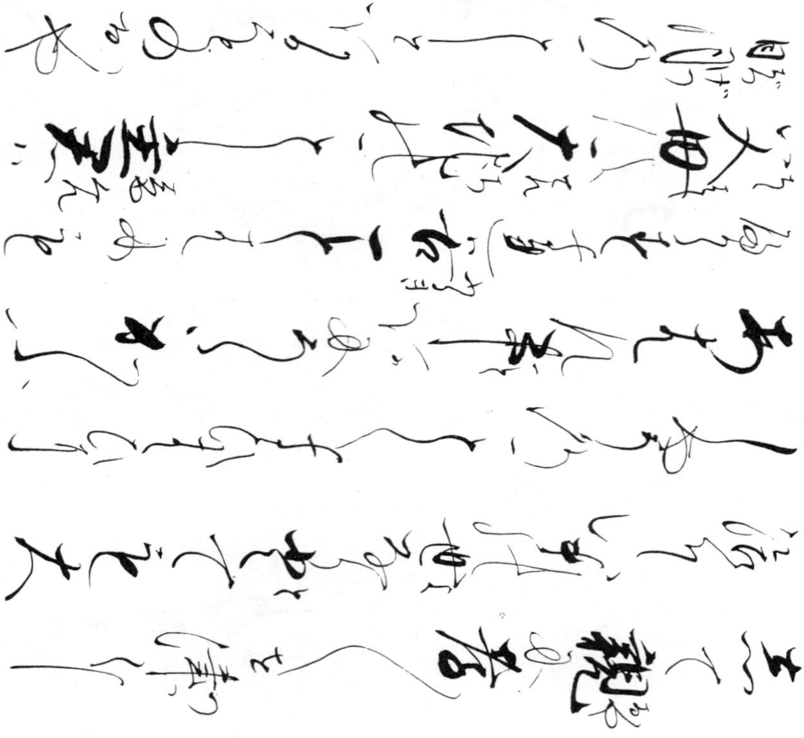

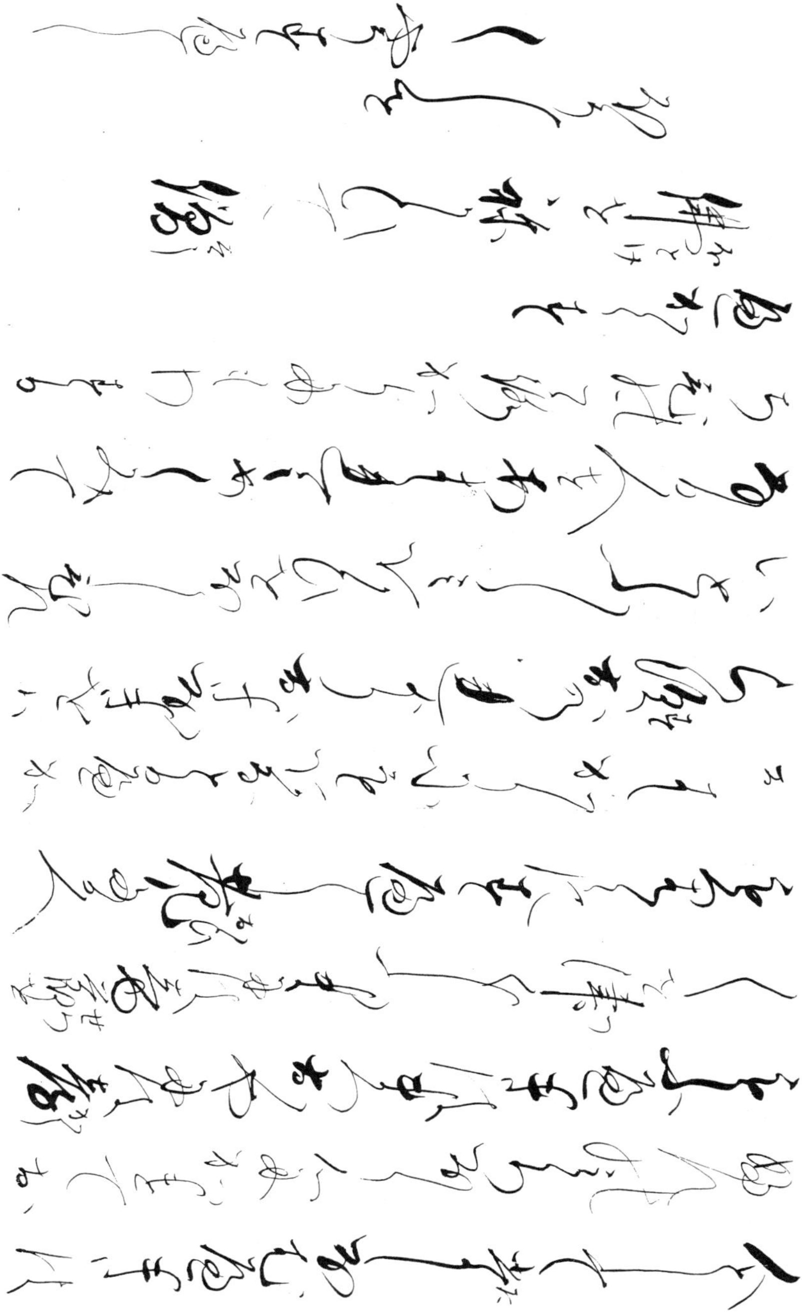

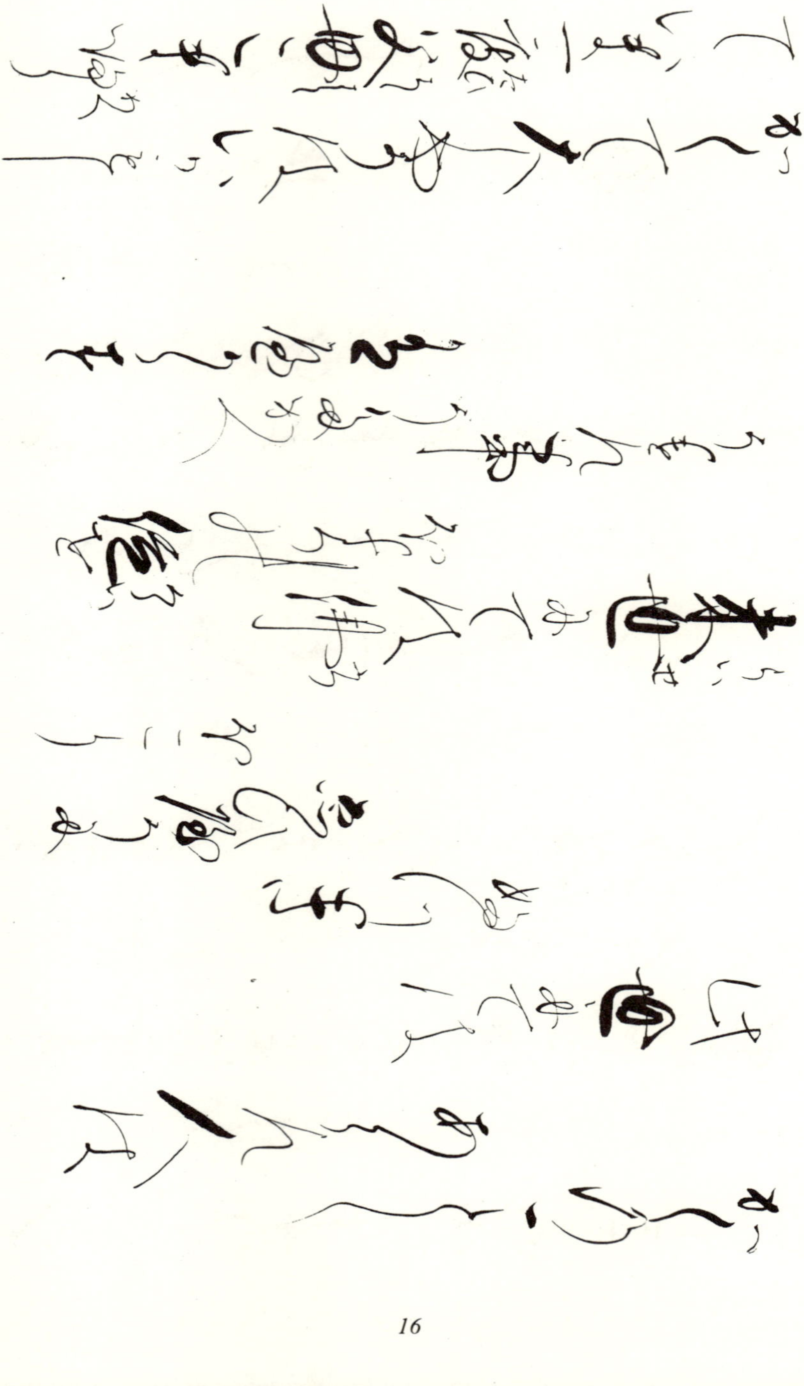

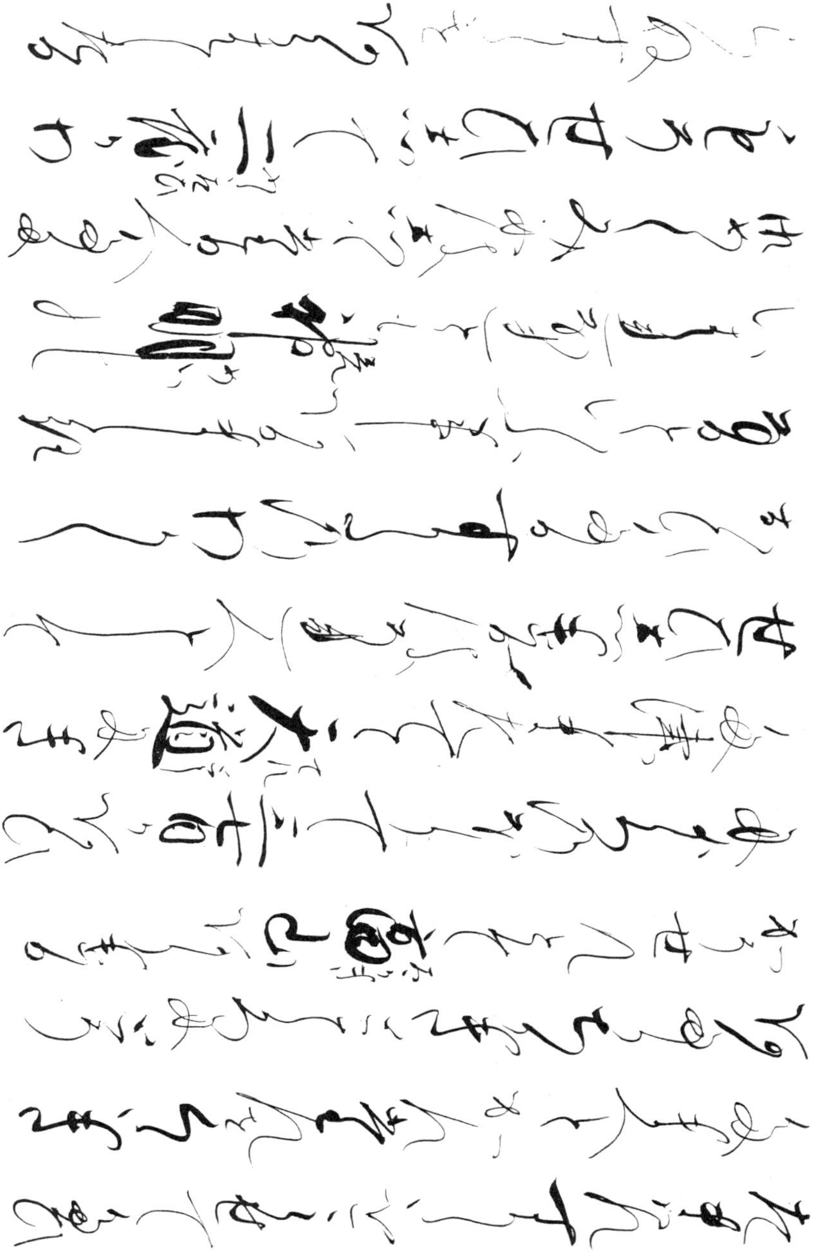

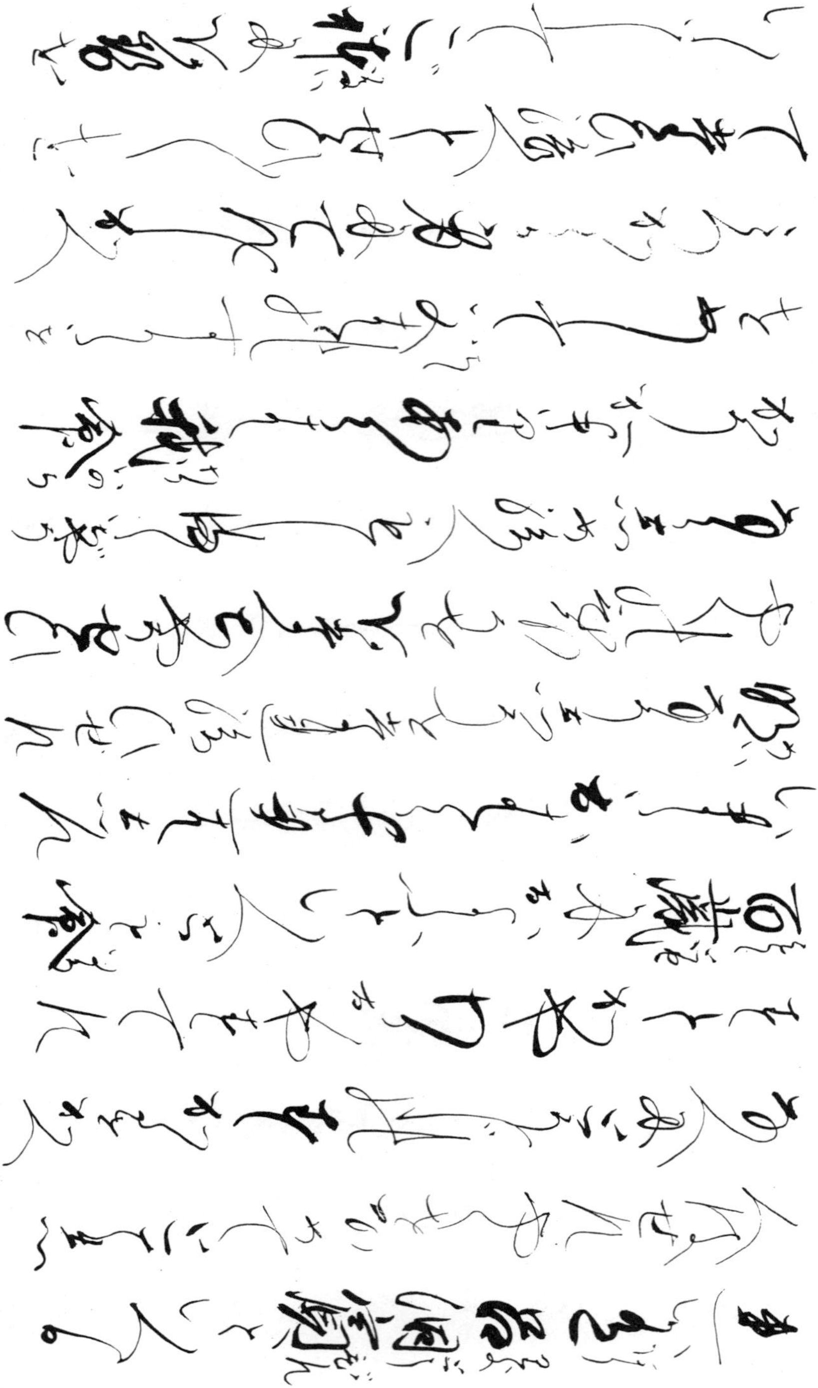

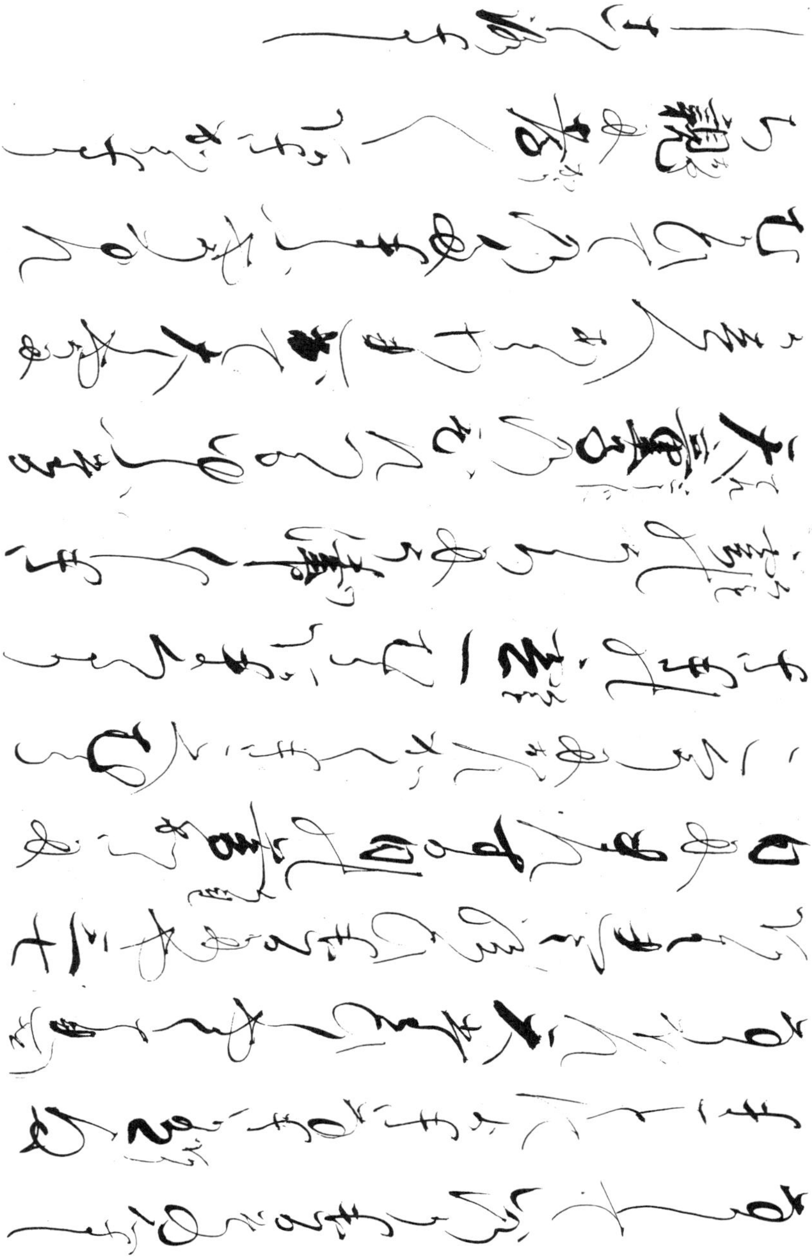

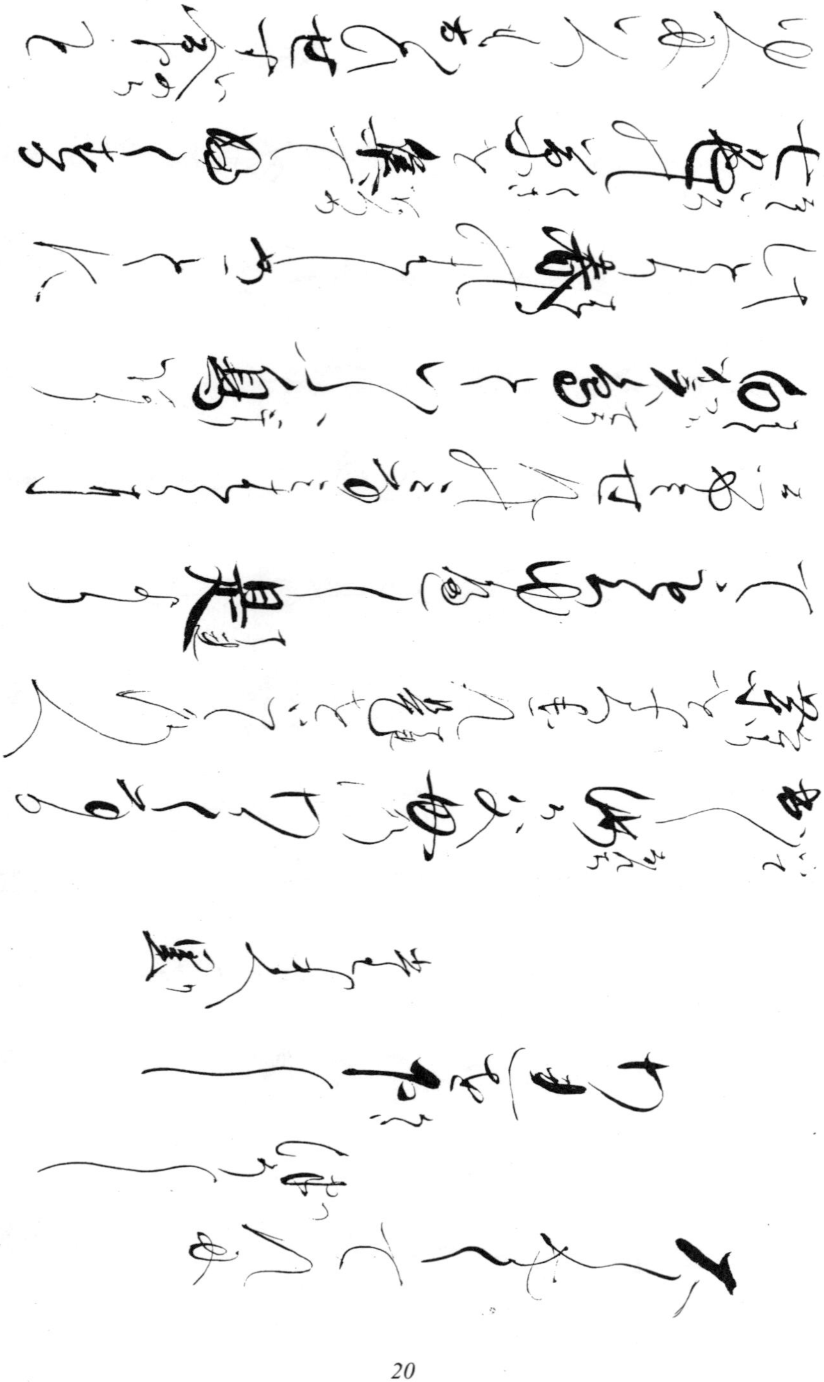

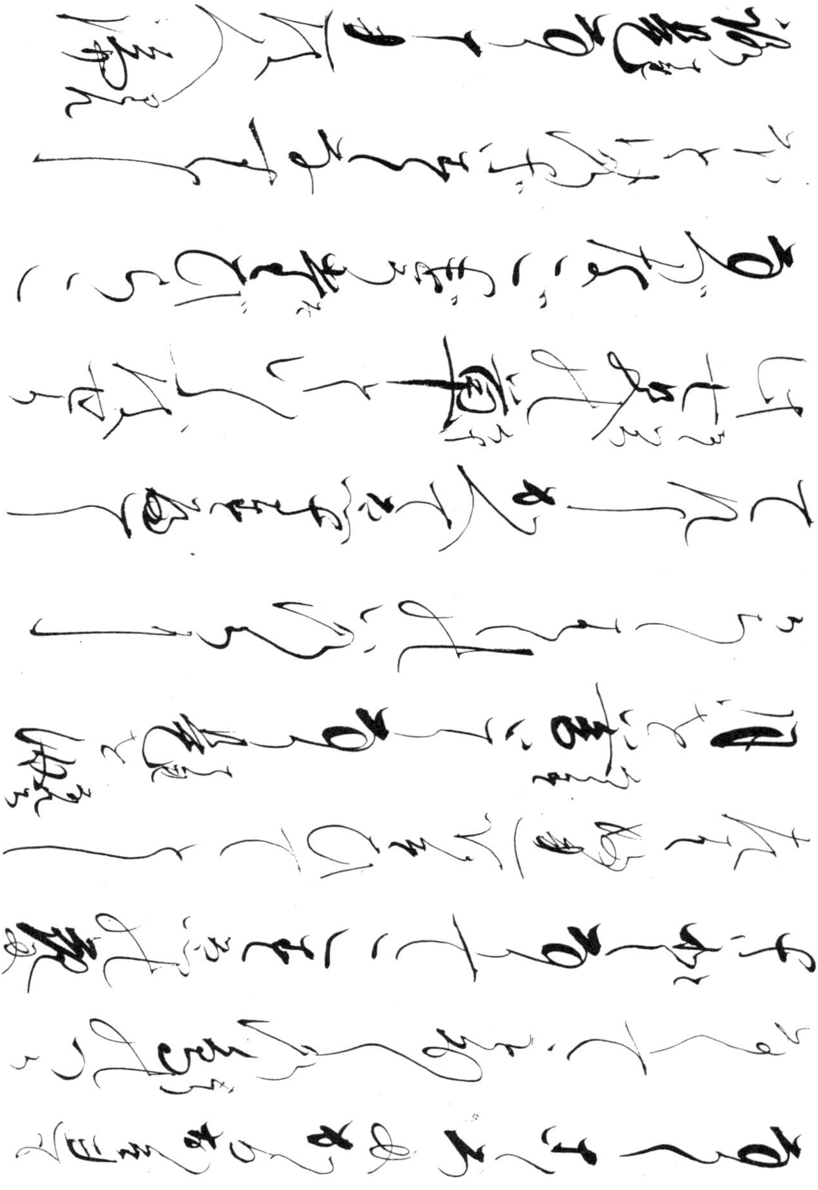

まましたるの野《の》はさかりあててこ
こし陽《なお》もしれを波《なみ》うの
うへあへせて王《たね》穂《いなぎ》ひみつる
と持《こも》て二月あかしまなすむる
ものしめて はせしろの草《くさ》
とたくなしもつらしの絶《たえ》
は絡《せ》としつ 萌《き》をさしく
あしいぬれさぬみのしても
すゞめとしつ 萌をたてく
あしよそまさいろにすみ
はごぞうとして 草《くさ》をそし

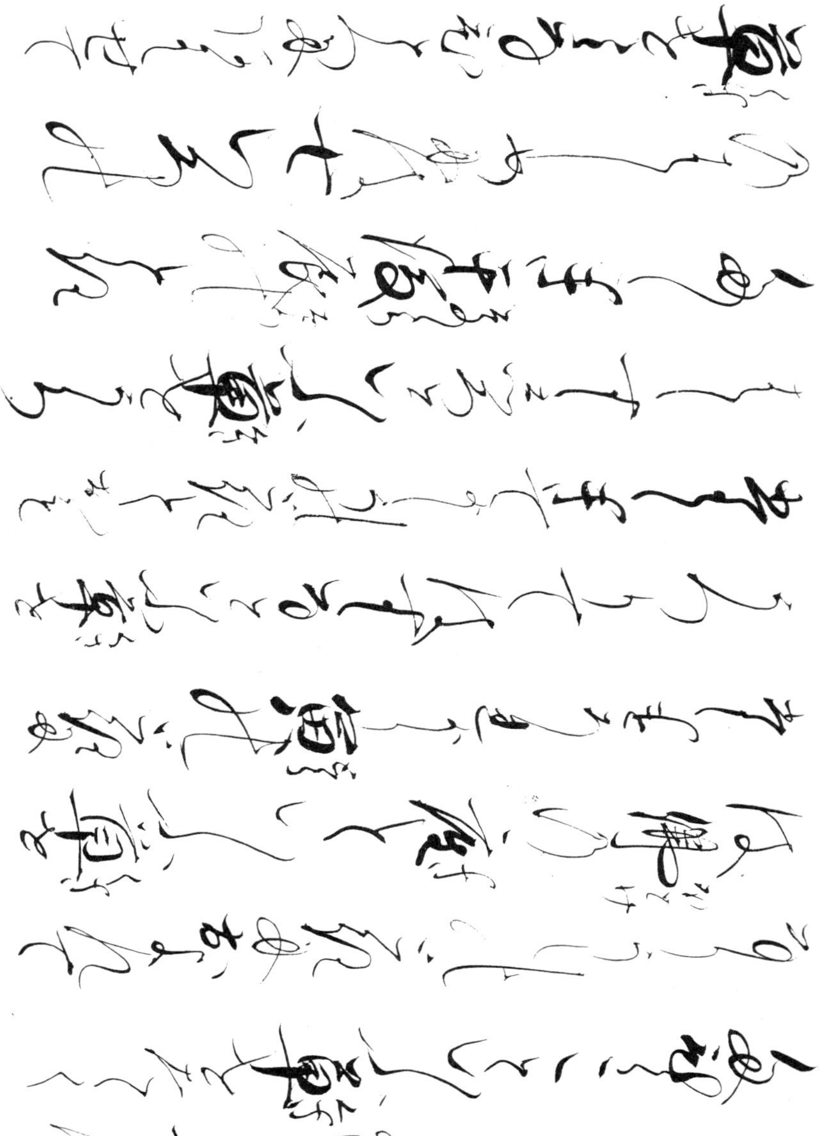

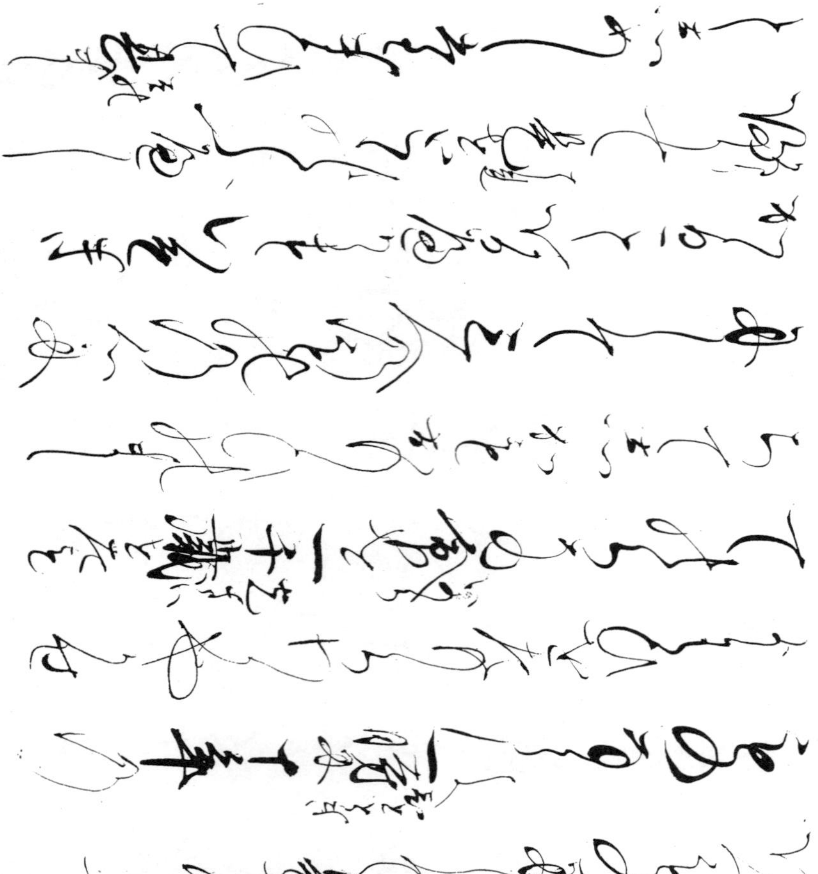

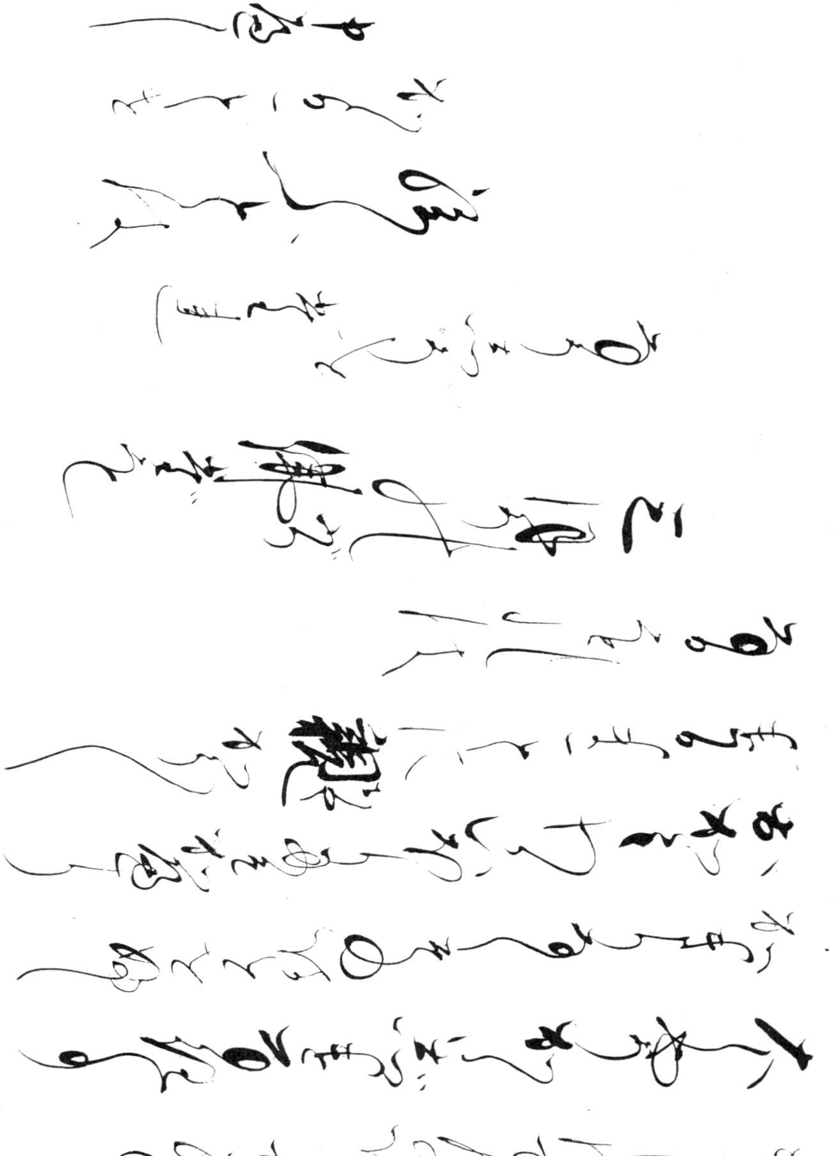

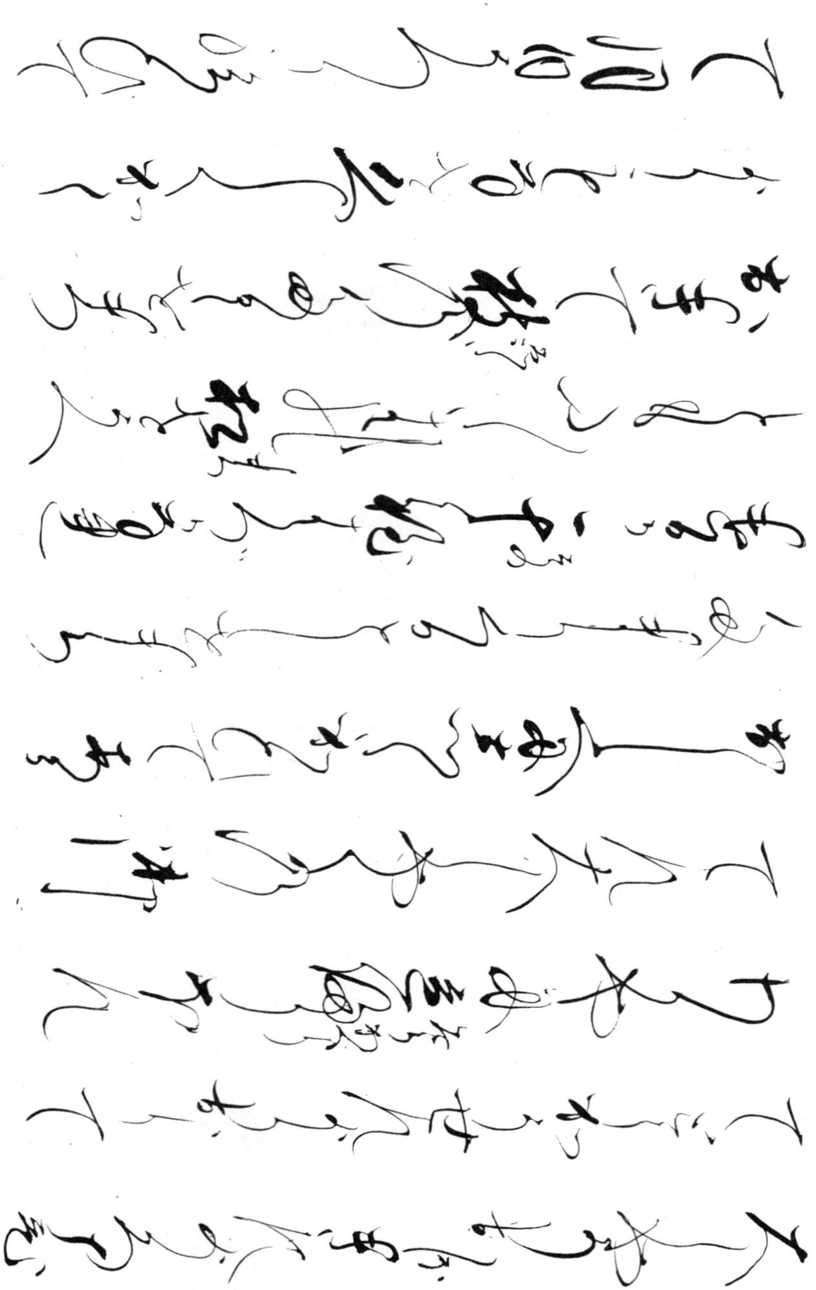

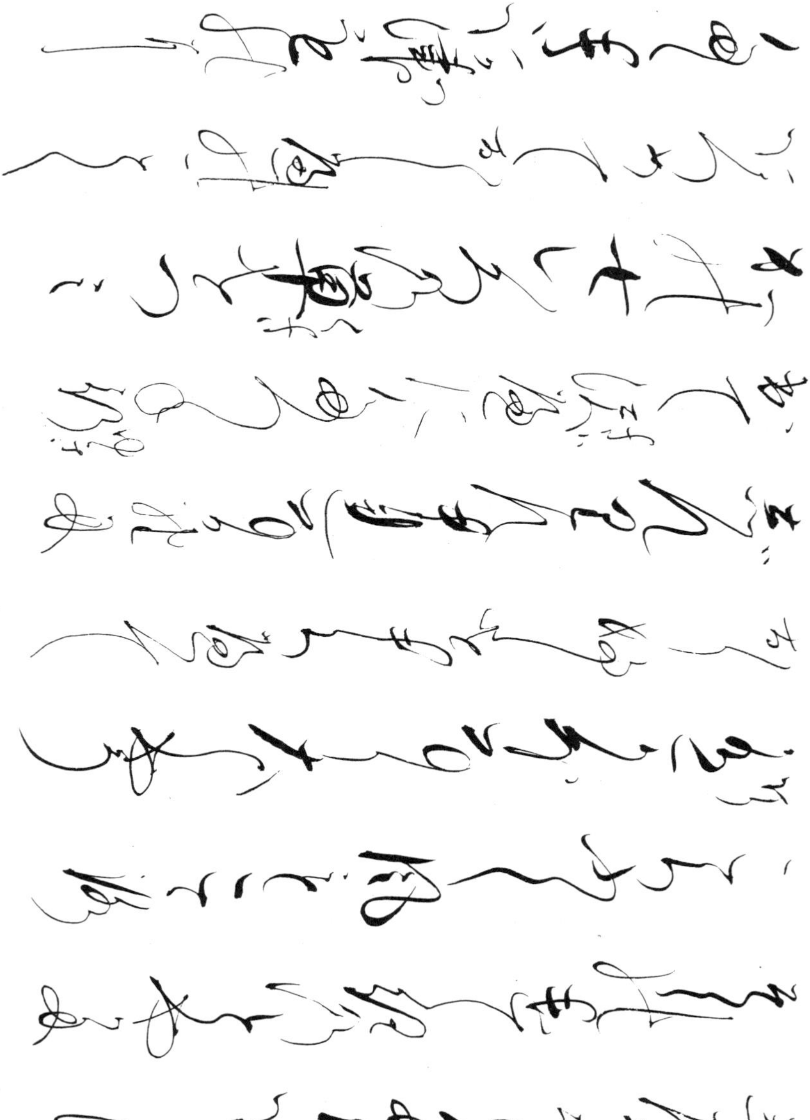

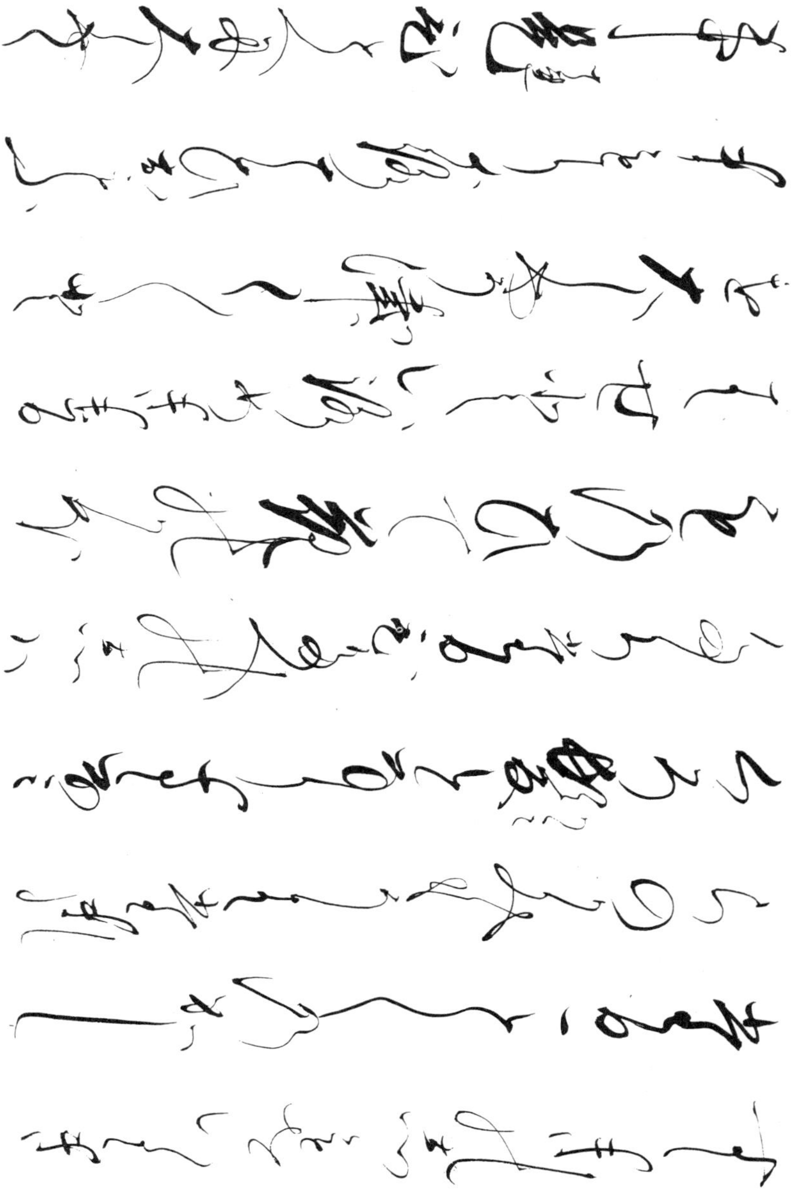

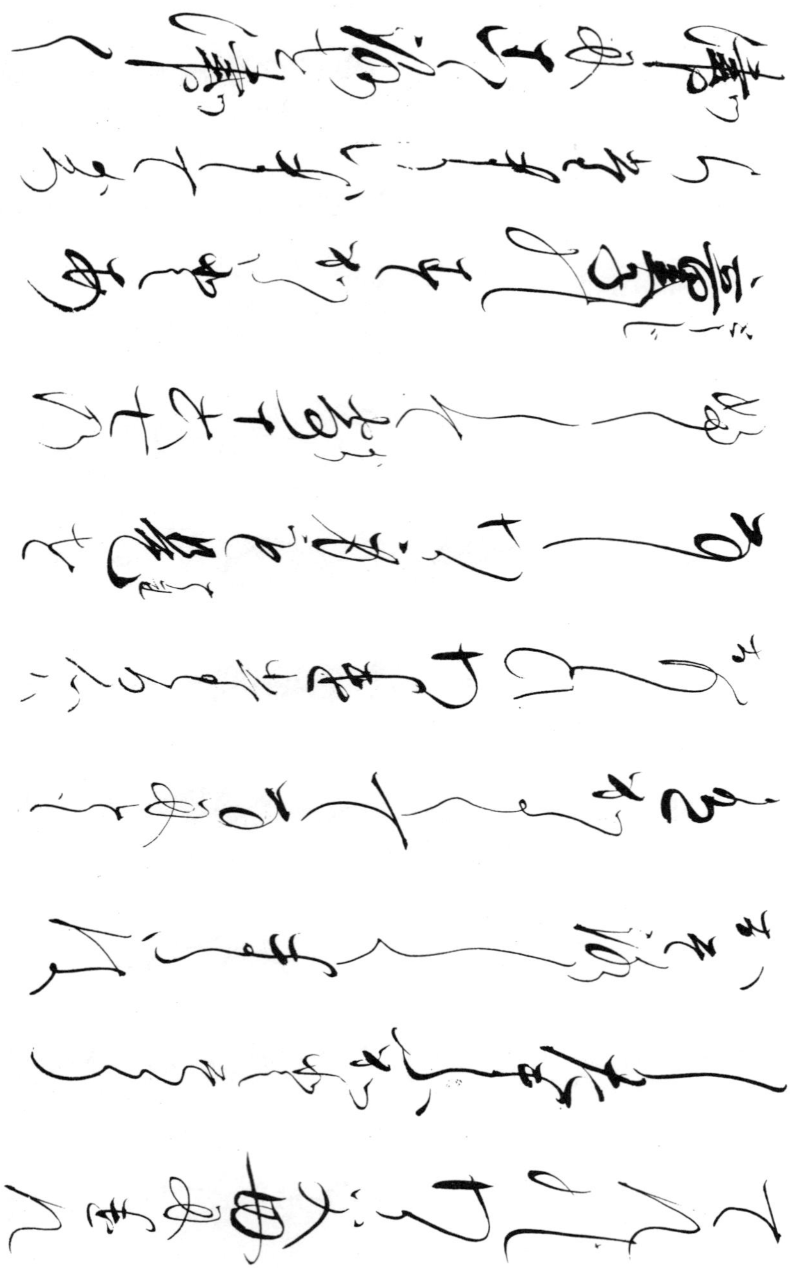

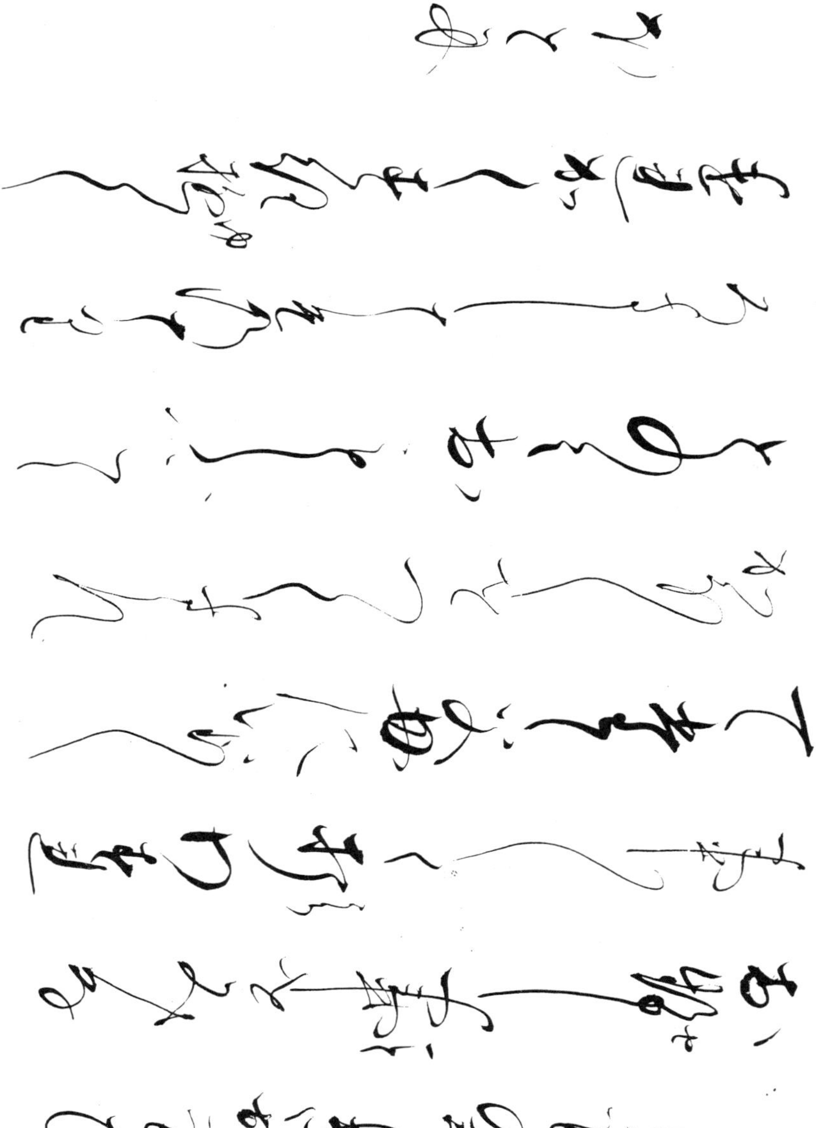

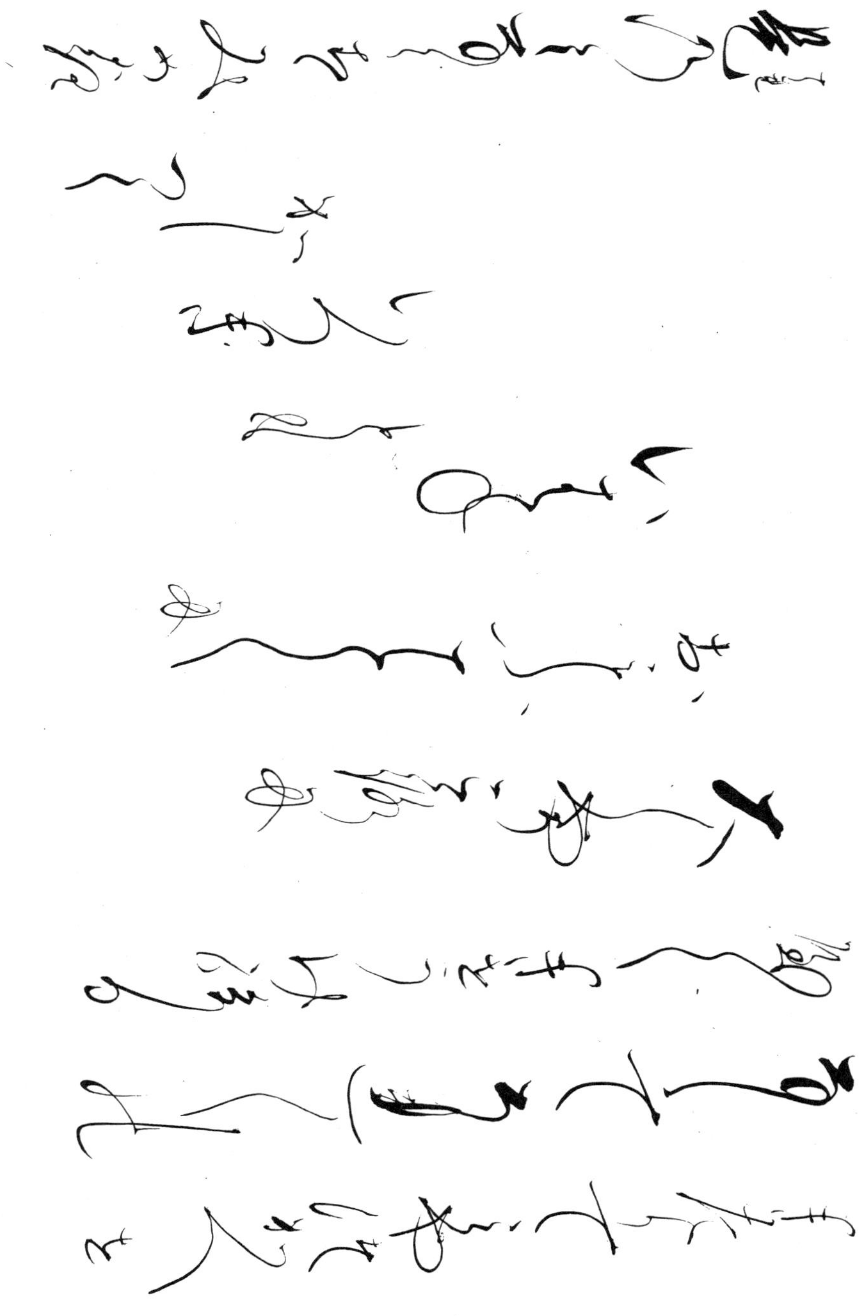

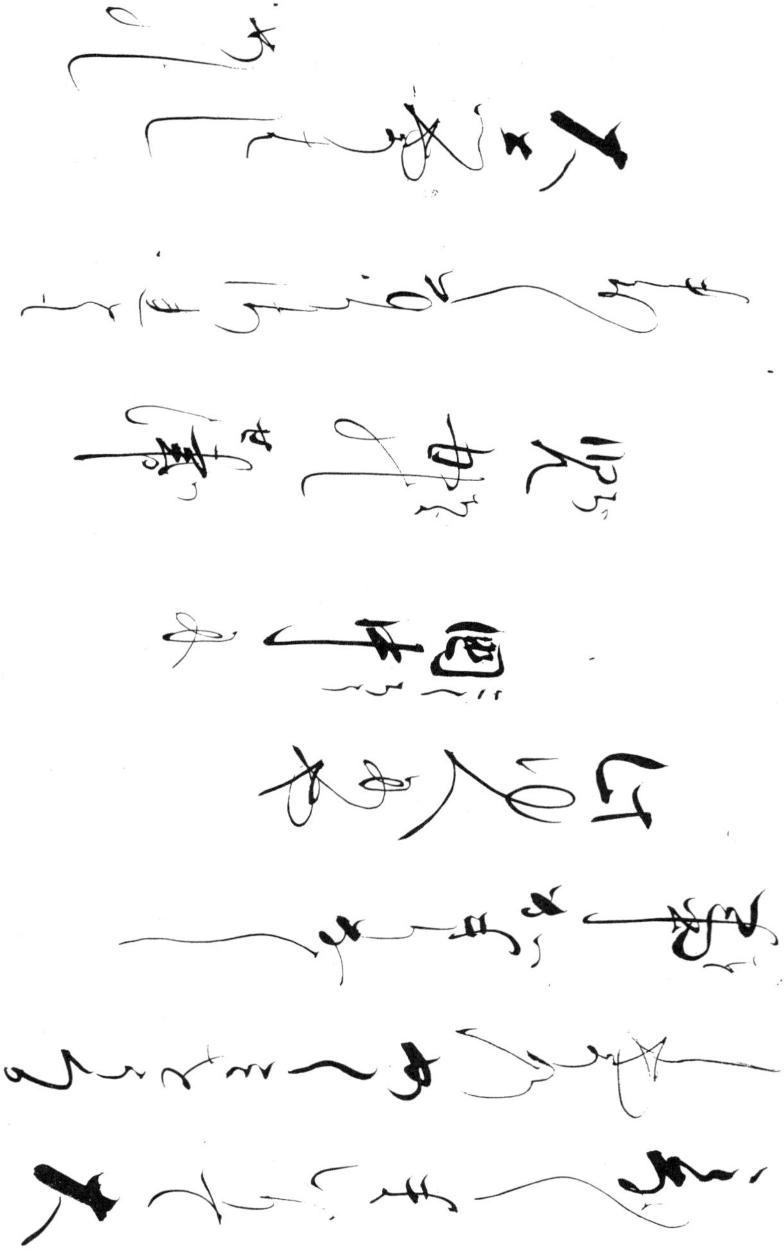

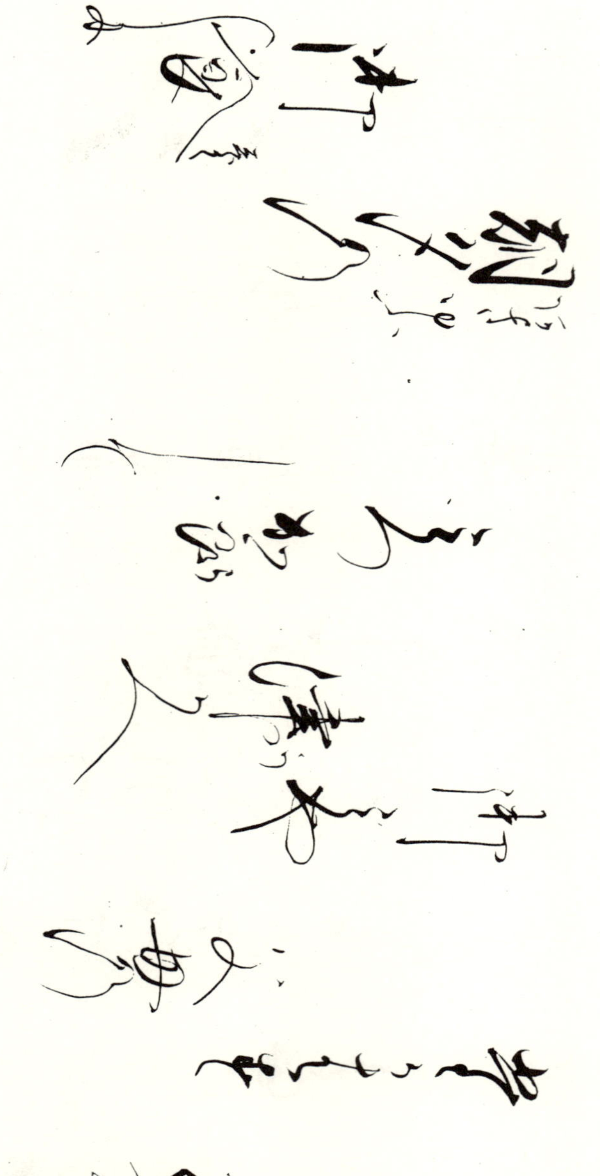

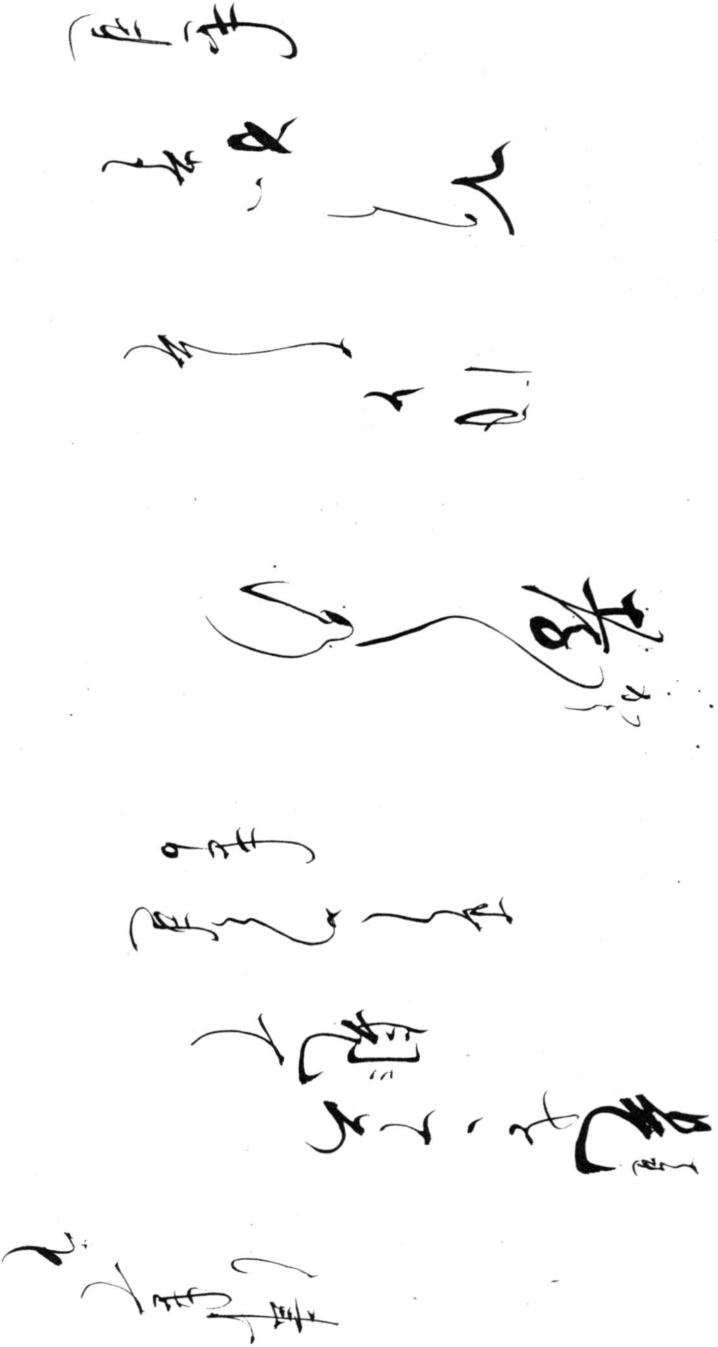

寶永三丙戌歳
卯月上

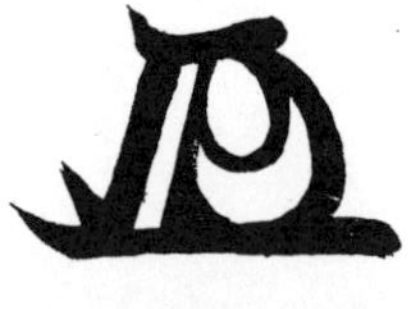

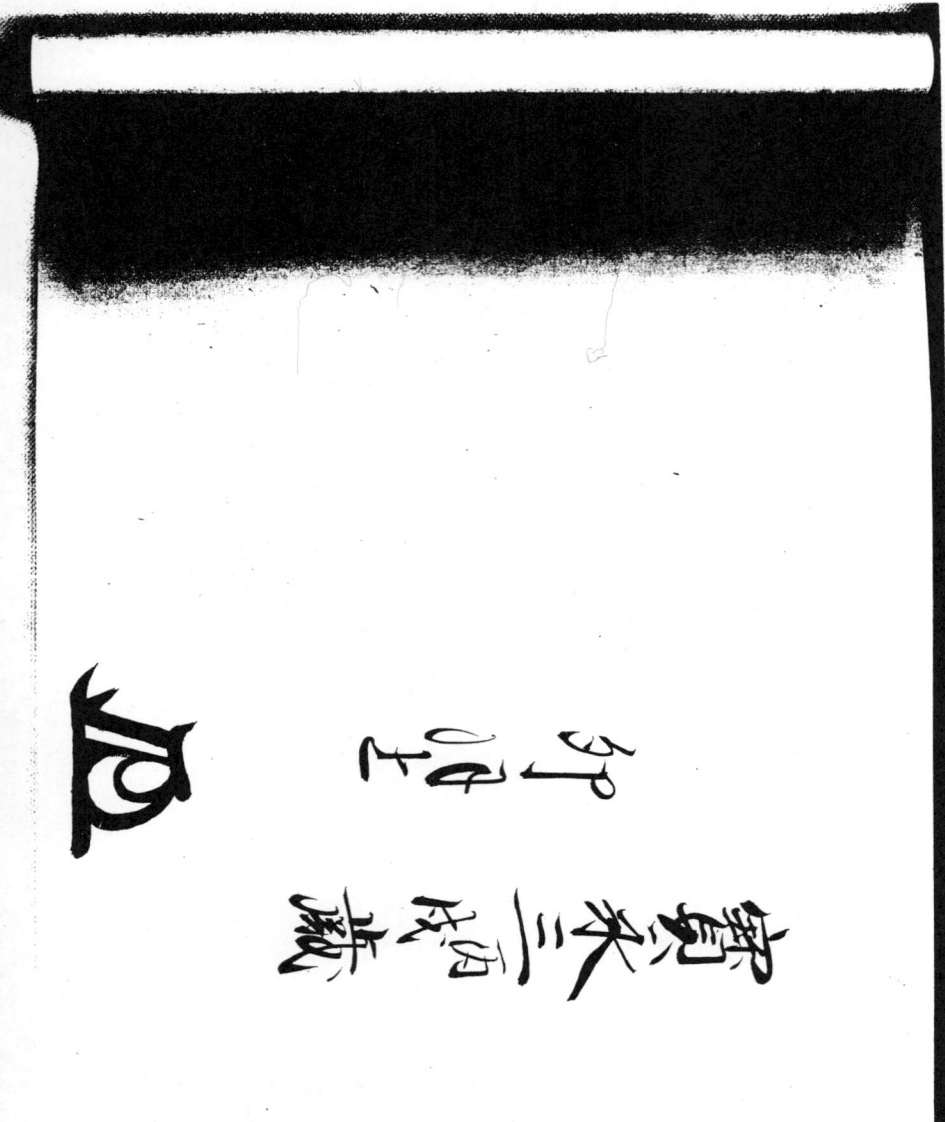

『七草草紙』は、二十三編の叢書である御伽文庫の一作品である。しかし、御伽文庫本の『七草草紙』は、略本系統といわれるように、短い作品であるのに対して、本書は広本系統といわれる長い方の『七草草紙』である。略本系統と広本系統とでは、全体的な内容についての大差はないが、本文上の相違は甚だしく、広本系統の方が詳しく叙述されている。『七草草紙』の内容を示すと、以下のようになる。

正月七日に若菜を摘む七草の由来は、以下の通りである。中国の楚国に大しやう（大しう）という親孝行の者がいた。大しやうは、父母が老いたことを嘆き、天道に父母が若返ることを祈った。すると、美しい天童が現れ、若くなる薬の作り方を教えた。大しやうは、教えの通りに、正月に七草を集めて羹にし、父母に与えた。正月七日には、父母は二十歳ばかりの姿となった。このことを伝え聞いた帝は、大しやうを召し、話を聞いて感心し、王位を譲った。このような孝行な人が国を治めたので、国は富み栄えた。

『七草草紙』は、奈良絵本や絵巻等の諸伝本があり、松本隆信氏編「増訂室町時代物語類現存本簡明目録」（『御伽草子の世界』所収、一九八二年八月・三省堂刊）の「七草草紙」の項には、十種類の写本・刊本が記されている。量が多いので、ここでの列挙は省略するが、それ以外にも多くの写本が現存し、それらについては、近年刊行された『京都大学蔵むろまちものがたり』第十巻（二〇〇一年三月・臨川書店刊）の、橋本正俊氏による「七くさ」についての解題に記されている。

以下に、本書の書誌を簡単に記す。

所蔵、架蔵
形態、写本、巻子、一軸
時代、宝永三年写
寸法、縦一七・七糎
表紙、濃紺色表紙
外題、なし
内題、七草の由来
料紙、斐紙
字高、一六・〇糎
奥書、宝永三丙戌歳／卯月上

室町物語影印叢刊8
七草草紙
定価は表紙に表示しています。

平成十四年六月二十八日　初版一刷発行

編　者　石川　透
発行者　吉田栄治
印刷所　エーヴィスシステムズ

発行所　㈱三弥井書店
東京都港区三田三—二—三十九
振　替　〇〇一九〇—八—二一一二五
電　話　〇三—三四五二—八〇六九
ＦＡＸ　〇三—三四五六—〇三四六

ISBN4-8382-7035-6 C3019